la courte échelle

Les éditions de la courte échelle inc.

Denis Côté

Denis Côté est né le 1er janvier 1954 à Québec où il vit toujours. Diplômé en littérature, il a exercé plusieurs métiers avant de devenir écrivain à plein temps.

Pour les jeunes, il a publié seize romans et deux recueils de nouvelles, en plus de participer à deux recueils collectifs.

Ses romans jeunesse lui ont valu un bon nombre de prix et mentions, dont le Prix du Conseil des Arts, le Grand Prix de la science-fiction et du fantastique québécois, un premier prix des clubs de lecture Livromagie et le Grand Prix Montréal/Brive du livre pour adolescents pour l'ensemble de son oeuvre. Certains de ses livres ont été traduits en anglais, en danois, en espagnol, en italien, en néerlandais et en chinois.

Amateur de musique pop, de cinéma et de BD, il aime la science-fiction, les romans policiers et les histoires d'horreur. C'est d'ailleurs exactement ce qu'il écrit depuis 1980.

Le parc aux sortilèges est le dix-huitième livre pour les jeunes qu'il publie.

Stéphane Poulin

Stéphane Poulin est né en 1961. Depuis, il a obtenu plusieurs prix, dont le Prix du Conseil des Arts, en 1986. En 1988, il reçoit le *Elizabeth Cleaver Award of Excellence* pour l'illustration du meilleur livre canadien de l'année. En 1989, il a le *Boston Globe Award of Excellence*, prix international du meilleur livre de l'année, ainsi que le *Vicky Metcalf Award for Body of Work*, pour l'ensemble de son travail d'illustrateur. Et en 1990, il gagne le Prix du Gouverneur général. *Le parc aux sortilèges* est le sixième roman qu'il illustre à la courte échelle.

Denis Côté

LE PARC AUX SORTILÈGES

Illustrations
de Stéphane Poulin

la courte échelle

Les éditions de la courte échelle inc.

Les éditions de la courte échelle inc.
5243, boul. Saint-Laurent
Montréal (Québec) H2T 1S4

Conception graphique:
Derome design inc.

Révision des textes:
Jean-Pierre Leroux

Dépôt légal, 1er trimestre 1994
Bibliothèque nationale du Québec

Données de catalogage avant publication (Canada)

Côté, Denis

  Le parc aux sortilèges

  (Roman Jeunesse; RJ 46)

  ISBN: 2-89021-210-6

  I. Poulin, Stéphane. II. Titre. III. Collection.

PS8555.0767P37   1993   jC843'.54   C93-097239-2
PS9555.0767P37   1993
PZ23.C67Pa 1993

Chapitre I
La Maison des miroirs

Ça s'est mis à aller de travers dès qu'on est sortis de la Maison des miroirs.

— Maxime! m'a dit Pouce. Tes parents, où sont-ils?

Je me posais la même question, bien sûr. Maman et papa avaient promis de nous attendre à côté du guichet, et ça faisait à peine cinq minutes qu'on les avait laissés.

— C'est quoi l'idée de nous abandonner? s'est indignée Jo.

Pouce est très grand et très costaud. Jo est toute petite et toute mignonne. La seule chose qu'ils ont en commun, c'est qu'ils sont mes meilleurs amis.

Devant nous, la foule circulait, lente et compacte comme le trafic à l'heure de pointe. J'avais beau essayer de voir mes parents parmi tout ce beau monde, ils restaient invisibles.

Au-dessus des têtes, les lumières multicolores me faisaient presque cligner des yeux. Pas très loin, le grondement des montagnes russes rappelait celui de bêtes affamées.

— Ils ont dû s'éloigner quelques minutes, ai-je dit en faisant semblant de ne pas me tracasser.

Ma mère s'appelle Prune, et mon père, Hugo. C'étaient eux qui avaient insisté pour que l'on vienne tous les cinq au parc d'attractions.

J'adorais le visiter lorsque j'étais plus jeune. Cette année pourtant, ça ne m'avait pas tenté plus que ça. On avait fini par capituler, mes amis et moi, dans le seul but de faire plaisir à mes parents.

Aussitôt qu'on a franchi les tourniquets, au début de l'après-midi, Hugo nous a rebattu les oreilles de sa nostalgie:

— Les fêtes foraines ont tellement changé depuis ma jeunesse! La magie et le merveilleux ont disparu! Les manèges d'aujourd'hui sont trop sophistiqués, et les jeux d'adresse ne trompent plus personne!

Du haut de ses quarante ans, il a même ajouté que les *pogos* et la barbe à papa n'avaient plus le même goût.

— Ce que je déplore le plus, moi, a dit Prune, c'est la disparition des «phénomènes de foire»!

Là, j'avais besoin d'explications. Mon père, qui se prend pour une encyclopédie, s'est porté à ma rescousse:

— Tu n'as jamais entendu parler de ces «erreurs de la nature» qu'on exhibait jadis sous une tente? Les hommes-troncs, les frères siamois, les têtes-sans-corps...?

Je n'ai pas écouté sa conférence jusqu'au bout. Les hommes-troncs et les frères siamois! Franchement! Je me suis demandé si les mots «effets spéciaux», ça leur disait quelque chose, à mes parents.

En fin de compte, on s'était tous bien amusés. Pendant que Prune et Hugo se rafraîchissaient la mémoire entre vieux, nous, on montait dans les manèges. Les montagnes russes, la grande roue, les autos tamponneuses, l'Himalaya! On n'a pris que les meilleurs, naturellement.

Et tous les cinq, on s'empiffrait de pop-corn au caramel, de pommes de tire, de beignes, de hot-dogs...!

En soirée, gavés comme des oies, on avait décidé de rentrer. Puis, tandis que l'on se dirigeait vers la sortie du parc, la Maison des miroirs s'était dressée sur notre route.

C'était un bâtiment magnifique, une sorte de château translucide pareil à une gigantesque pierre précieuse! Sur la façade, une grande affiche disait:

«VENEZ VOUS PERDRE DANS LA MAISON DES MIROIRS! IL EST FACILE D'Y ENTRER, MAIS COMBIEN DIFFICILE D'EN SORTIR! L'EXPÉRIENCE LA PLUS DÉROUTANTE DE VOTRE VIE!»

Jo, Pouce et moi, on n'avait tout simplement pas pu résister à la tentation.

À l'intérieur, la déception la plus totale nous attendait. «L'expérience la plus déroutante de votre vie» était ennuyeuse à mourir! Les centaines de miroirs qui auraient dû nous égarer étaient aussi excitants que des miroirs de poche.

C'est en sortant de ce supposé labyrinthe que l'on a constaté la disparition de mes parents.

On les a attendus une quinzaine de minutes, sagement, sans trop déblatérer contre le monde adulte.

— Il commence à faire noir, a dit Pouce.

— Ah? Il *commence* seulement? Pour moi, il fait noir tout court! Bigrement noir, à part ça!

12

Malgré sa mauvaise humeur, Jo avait raison. On se serait crus au milieu de la nuit. Je n'y avais pas fait attention, mais à bien y penser, c'était très bizarre. Car lorsqu'on avait acheté nos billets, moins d'une demi-heure plus tôt, le soleil n'était pas encore couché.

Intrigué, j'ai consulté ma montre et je me suis aperçu qu'elle avait cessé de fonctionner. Le cadran n'affichait plus que les chiffres 12:00, comme si la pile était à plat.

— La mienne aussi s'est arrêtée! a déclaré Pouce. Eh bien! les manèges nous ont secoués plus fort que je le pensais!

Jo n'avait pas de montre. Cependant, elle avait du vocabulaire:

— Maxime, si tu ne retrouves pas tes parents tout de suite, je fais une crise d'apoplexie!

Ça, c'était une sorte d'argument suprême. Je me suis donc avancé vers le guichet en espérant que le préposé pourrait me renseigner.

J'ai frappé trois petits coups sur la cabane.

Lorsqu'il s'est retourné, j'ai eu un choc! Ce n'était plus le même préposé que tout à l'heure. Mais en plus, ce nouveau préposé était laid! Tellement laid qu'il n'aurait eu besoin d'aucun maquillage pour jouer dans un film d'horreur!

On aurait dit que son visage était fait de gomme à mâcher! Sa peau s'étirait comme si elle avait fondu. Ses arcades sourcilières débordaient sur ses yeux. Son nez touchait sa bouche. Ses oreilles pendaient jusqu'à ses épaules.

— De quelle manière pourrais-je apporter un peu de joie dans votre vie? m'a-t-il demandé d'une voix fatiguée.

— Je... Je... Je... Je cherche mes parents!... Euh... Ils ne vous ont pas laissé un message pour moi?

— Hum... Quel genre de message?

14

— Je ne sais pas... Ils auraient pu me demander d'aller les rejoindre quelque part...

Les yeux du préposé se sont agrandis.

— Quelque part? Très intéressant... Et ce «quelque part», où cela pourrait-il être, selon vous?

Sans me laisser le temps de répondre, il s'est penché aussi bas que les barreaux du guichet le lui permettaient. Et il a souri! Et les coins de sa bouche se sont tellement étirés qu'ils atteignaient presque les murs de la cabane!

— Où pensez-vous être en ce moment, *mon cher Maxime*?

En m'apercevant qu'il connaissait mon nom, j'ai foncé sur mes amis à toute vitesse.

— Qu'est-ce qui t'arrive? m'a questionné Jo.

— Éloignons-nous d'ici!

— Comment ça? Et tes parents?

— On va essayer de les retrouver. Mais il se passe des choses pas normales dans ce parc d'attractions!

Chapitre II
La Grande Alice

Mes parents disparus, la nuit tombée trop vite, cet horrible préposé à la face de caoutchouc...! Des choses pas normales, ça en faisait beaucoup en quelques minutes!

Je n'avais pas envie de me demander comment cet homme connaissait mon nom. Tout ce que je désirais, c'était retrouver mes parents. En marchant, je dévisageais tout le monde dans l'espoir qu'on les croiserait d'une seconde à l'autre.

Oh! ils avaient sûrement une bonne raison d'être absents! Néanmoins, c'était la première fois qu'ils m'abandonnaient quelque part de cette manière-là.

Ils étaient peut-être rentrés d'urgence à la maison. Dans ce cas, on était fichtrement mal pris, mes amis et moi, car on était venus ici dans la voiture de Prune. Et il ne nous restait même plus assez d'argent pour prendre l'autobus.

— Il y a beaucoup de monde, a dit Pouce sur un ton mystérieux. Énormément plus que cet après-midi.

La foule nous pressait de tous côtés, en effet, et cela nous ralentissait beaucoup.

— Normal, a répondu Jo. Les gens sortent davantage le soir.

— Peut-être, mais... Comment une foule peut-elle grossir autant que ça en si peu de temps?

Maintenant qu'il le faisait remarquer, je constatais que le public était dix fois, sinon vingt fois plus nombreux qu'au début de la soirée. À vrai dire, je n'avais jamais vu autant de monde de toute ma vie.

À part ça, et à part le fait que le parc était illuminé comme un arbre de Noël, rien n'avait changé depuis l'après-midi.

On entendait partout le même brouhaha, les mêmes cris de ceux qui s'amusaient dans les manèges, les mêmes invitations des employés des stands, les mêmes cliquetis des roues de fortune, les mêmes combinaisons de bingo.

Partout aussi, ça sentait la friture, le caramel et la barbe à papa.

J'avais un noeud dans l'estomac. Pas à

cause des cochonneries que j'avais mangées. Non, c'était le noeud de l'inquiétude.

Pouce a désigné une affiche clouée au-dessus d'une baraque:

«LA PLUS PETITE FEMME DU MONDE! C'EST GRATUIT!»

— Ça vous tente de jeter un coup d'oeil?

— Eh! s'est fâchée Jo. On a vraiment autre chose à faire!

Moi non plus, je ne voulais pas m'attarder. Plus le temps passait, plus s'envolaient les chances de retrouver mes parents. Mais Pouce insistait, et on a accepté à condition de ne rester qu'une minute.

Aussitôt qu'on est entrés dans la baraque, l'obscurité nous est tombée dessus comme une couverture épaisse. On a fait quelques pas à l'aveuglette. C'était tellement silencieux, il ne devait y avoir personne là-dedans.

Je me suis impatienté:

— On a fait le tour! Alors, on s'en va!

Une voix maigrichonne s'est élevée dans le noir:

— Êtes-vous venus me consulter?... Je suis ici! À votre gauche! Baissez un peu la tête...

Une lampe s'est allumée près de nous, éclairant un visage, puis une silhouette. On a poussé un soupir de ravissement.

Assise sur une chaise minuscule, la plus petite femme du monde nous observait en souriant!

Elle était à peine plus grande qu'un bambin. Et pourtant, elle avait un visage et un corps de femme! Elle paraissait si fragile que je n'aurais pas voulu la toucher par crainte de lui casser quelque chose.

Je n'avais jamais vu un adulte aussi joli, ayant un visage aussi doux! C'était une sorte d'apparition surnaturelle!

Devant elle, il y avait une petite table ronde.

À propos de la lampe toutefois, je m'étais complètement trompé. Il s'agissait d'une boule de cristal!

— Qu'elle est belle! a murmuré Pouce.

— Elle est pas mal, a rétorqué Jo. Un peu fluette, mais assez mignonne pour étourdir un tas de garçons stupides.

— Comment vous appelez-vous? ai-je demandé.

— Alice. Tout le monde ici, cependant, m'appelle la Grande Alice.

— Êtes-vous une... naine?

— Beaucoup de gens font cette erreur en me rencontrant la première fois. Je suis une lilliputienne!

En l'examinant de plus près, j'ai vu qu'un bandeau entourait son front et qu'un dessin y était imprimé. Ça représentait un masque de couleur verte avec une grande bouche qui souriait.

— Vous êtes une diseuse de bonne aventure?

— Je préfère l'expression «voyante extra-lucide» ... Vous voulez donc connaître votre avenir! Par qui dois-je débuter?

— Par personne, c'est juste la curiosité qui nous a attirés ici.

— Oh! c'est regrettable! Je voulais vous prévenir contre un terrible danger!

J'ignore si c'est à cause du mot «danger», mais je suis soudain revenu à la réalité.

— Désolé, Grande Alice. L'avenir va devoir attendre. On est pressés!

Et j'ai poussé mes amis jusqu'à la porte.

— Vous voulez retourner chez vous? a crié Alice. Il n'existe qu'une façon! Dites oui! Il faut que vous disiez oui!

Dehors, j'ai entraîné mes amis jusqu'à une esplanade.

— Qu'est-ce qui t'a pris? m'a grondé Pouce. Elle te faisait peur ou quoi?

— Vous vous rappelez ce qu'ont dit mes parents à propos des «phénomènes de foire»?

— Oui. C'étaient des... euh... des «erreurs de la nature» ...

— C'est ça. Ils étaient exhibés dans les parcs d'attractions à une certaine époque. Mais, en principe, ces «phénomènes» n'existent plus aujourd'hui!

J'ai tourné la tête en direction de la baraque:

— Cette lilliputienne, qu'est-ce qu'elle est, sinon un «phénomène de foire», justement?

— Je crois que tu as raison, a admis Jo d'un air pensif.

Puis j'ai ajouté gravement:

— Si ces «phénomènes» ont réellement disparu, alors on vient de rencontrer quelqu'un qui ne devrait pas exister!

Chapitre III
Barbe à papa

— Barbe à papa! Dégustez la barbe à papa!

On s'est retournés dans un même mouvement. Quand j'ai vu le personnage qui venait de parler, mon sang s'est glacé dans mes veines!

C'était un démon! Petit, des oreilles pointues, un crâne aussi chauve que celui d'une tortue! Des yeux méchants lui remplissaient la moitié du visage! Il avait un nez minuscule, et sa bouche ressemblait à celle d'un chimpanzé!

Au bout de ses bras très courts, il tenait des cornets surmontés d'un nuage rose de barbe à papa. D'une voix qui aurait pu appartenir à un crocodile, il a répété:

— Barbe à papa! Dégustez la barbe à papa!

J'ignore où j'ai trouvé la force de répondre:

— Non, monsieur! On a assez mangé!

Il a émis une sorte de croassement:

— Assez mangé?

— Oui... Si on mange encore, on pourrait dégobiller!

— Dégobiller! Par le Grand Manège universel, quel langage vulgaire!... Ah! je devine quel genre d'enfants vous êtes, tous les trois! C'est à décourager n'importe quel saltimbanque!... Dieu du Cirque, quelle époque pénible!

— Allons-nous-en, a chuchoté Jo en collant son petit corps contre le mien.

— Eh! Mais où allez-vous comme ça? Vous avez beau être des malappris, vous ne pouvez quand même pas vous soustraire à vos obligations!

On s'est précipités dans la foule en prenant nos jambes à notre cou.

— Doux Seigneur de la Foire! Attendez! Attendez donc!

En profitant des trouées et en jouant des coudes, on a dû courir au moins dix minutes. On s'est arrêtés, à bout de souffle, près d'un stand à hot-dogs. Jo s'est mise à pleurer:

— Qu'est-ce que c'était que cette espèce de... diable? Avez-vous vu ses oreilles?

Je ne savais pas quoi inventer pour la rassurer, surtout que j'étais aussi chaviré qu'elle. Au lieu de suivre notre conversation, Pouce examinait les environs avec inquiétude.

— Ça ne va pas! On a parcouru une assez grande distance depuis tout à l'heure. Et pourtant... Je ne reconnais rien de ce qu'il y avait cet après-midi!

À notre tour, on a scruté les stands et les manèges qui nous entouraient. On ne reconnaissait rien non plus.

— Je suis en train de me demander...

Un pli de plus en plus creux barrait le front de Pouce.

— ... si on est encore dans le même parc!

— Voyons donc! a fait Jo en recommençant presque à pleurer. Tu délires ou quoi?

— Je sais que ça ne tient pas debout. Mais ça expliquerait bien des choses, non?

Moi, je me fichais pas mal que l'on soit ou non dans le même parc. Tout ce que je désirais à présent, c'était partir au plus vite.

— Trouvons la sortie et foutons le camp! ai-je proposé.

Parce qu'on ignorait quelle direction prendre, on a demandé notre chemin à des passants. Résultat: la plupart nous ont ri au nez comme si c'était tordant de rencontrer des enfants perdus. Les autres répondaient des stupidités du genre:

— Pourquoi voulez-vous sortir? Vous ne vous amusez pas?

Je commençais juste à me rendre compte que tout le monde semblait parfaitement heureux, sauf nous trois. Ça frisait même l'exagération. Partout, on voyait des sourires stupides, clownesques, niaiseux!

Avec les employés des stands, on n'a pas eu plus de succès.

— Faites tomber le toutou! Faites tomber le toutou! vociféraient-ils en montrant leurs balles. Un magnifique trophée si vous atteignez la cible!

Il devait bien y avoir des policiers ou des gardiens de sécurité quelque part. Alors, où se cachaient-ils?

Il nous restait donc à trouver la sortie par nous-mêmes.

On a suivi une allée. Mais, après une quinzaine de minutes, une grosse baraque nous a bloqué la route.

On a pris une allée transversale. Au bout de celle-ci, une foule attendait pour monter dans la roue double. On a essayé un autre passage, puis un autre et un autre encore. Ils finissaient tous en cul-de-sac.

On s'est arrêtés près d'un échafaudage supportant une grosse tête de clown. L'ensemble devait avoir dix mètres de haut.

J'ai commencé à gravir les échelons.

— Qu'est-ce que tu fais? s'est égosillée Jo. Tu vas te casser le cou!

— De là-haut, je pourrai sûrement repérer la sortie.

Mes amis ne pouvaient plus me retenir, j'étais déjà trop loin. L'échafaudage était branlant. J'avais le vertige. Mais il fallait que l'un de nous prenne certains risques. Sinon, on passerait le reste de la nuit à errer dans ce maudit parc.

Rendu au sommet, j'ai regardé dans toutes les directions. Ma tête tournait. Un vent léger entrait dans mes oreilles.

Le parc s'étendait à perte de vue! On aurait dit que j'étais sur le mât d'un bateau, au milieu d'un océan de baraques, de manèges, de stands et de lumières multicolores.

— Pas vu de sortie! ai-je annoncé en redescendant. Je n'ai même pas vu de clôtures! Ou j'ai mal vu ou ce parc n'a pas de fin!

Catastrophés, on s'est laissés tomber dans un coin. On ne savait plus quoi faire. On ne parlait plus. On contemplait les détritus qui jonchaient le sol.

Une voix de femme nous a tirés de notre torpeur:

— Comment t'appelles-tu, mon mignon?

En relevant la tête, j'ai cru voir un hippopotame! Mais les hippopotames ne portent pas de robe, ils n'ont pas de cheveux et ils sont incapables de sourire.

En réalité, c'était une femme! Une femme incroyablement grosse, épouvantablement gigantesque!

En plus, elle avait une barbe! Et pas n'importe laquelle! Une barbe si longue qu'elle traînait sur le sol derrière elle!

Jo serrait ma main comme si elle voulait la broyer. Le plus mal pris néanmoins, c'était Pouce, car la femme à barbe dirigeait toute son attention sur lui.

— Tu n'as pas l'air dans ton assiette, mon tourtereau.

— N-n-non, madame! a-t-il bredouillé.
T-t-tout va t-t-très b-b-bien, au contraire...!

— Petit coquin, va! Je n'en crois pas un
mot!

Tendant vers lui un bras aussi épais
qu'un poteau de téléphone, elle lui a pincé
une joue. Pouce a gémi.

— Oh! que tu es délicat! Je ne te ferai
pas de mal!

Elle s'est penchée vers nous avec un air
de conspirateur. Pour ne pas être ensevelis
sous cette avalanche, on a reculé.

— Il y a des individus malfaisants par

ici. J'en connais qui ne demanderaient pas mieux que de vous faire passer un très mauvais quart d'heure!

Dans un geste d'une rapidité inouïe, elle a placé une petite bouteille sous le nez de Pouce:

— Prends ça! Cet élixir te sera d'un grand secours!

Elle lui a pincé l'autre joue en souriant. Puis elle a fait volte-face et elle a disparu dans la foule.

Pouce a levé la bouteille devant ses yeux. Elle avait une forme étrange, et un liquide clair la remplissait à moitié.

— Regardez l'étiquette! s'est-il exclamé.

Cette étiquette représentait un masque de couleur verte avec une bouche qui souriait.

Le même dessin que sur le bandeau de la Grande Alice!

Chapitre IV
Le jeu de massacre

— Si on récapitulait? ai-je proposé sur le ton le plus héroïque dont j'étais capable.

Mes amis ont fait oui de la tête.

— Quand on est sortis de la Maison des miroirs, mes parents étaient absents, la foule avait grossi et les gens étaient devenus bizarres. Ensuite, on s'est mis à rencontrer des «phénomènes de foire», c'est-à-dire des personnages qui ne devraient normalement pas être dans ce parc.

— N'oublions pas que le parc lui-même s'est transformé, a glissé Jo timidement.

— Et que la nuit est tombée trop vite, a ajouté Pouce. Ce détail-là a une importance capitale.

Il a retroussé la manche gauche de son chandail:

— Fais voir ta montre aussi, Maxime... Et dis-nous quelle heure il est *à nos deux montres*.

— Je ne peux pas. Elles ne fonctionnent plus.

Il a secoué la tête en y mettant beaucoup de sérieux:

— Elles donnent toutes les deux la même heure. Regarde... Il est 12:00 aux deux cadrans. Et ça n'a pas changé depuis qu'on est sortis de la Maison des miroirs.

— Justement! a répliqué Jo, agacée. C'est ce que dit Maxime! Vos montres ne fonctionnent plus!

— Tu ne trouves pas ça bizarre, toi, qu'elles se soient arrêtées toutes les deux en même temps?

— Oui, c'est bizarre! Mais tout est bizarre ici! Et je commence vraiment à en avoir assez!

Jo a reniflé une ou deux fois, et j'ai mis mon bras autour de ses épaules. Moi non plus, je ne voyais pas où Pouce voulait en venir avec ses hypothèses de science-fiction.

Son visage est devenu grave à faire peur:

— Selon moi, nos montres fonctionnent encore. Si elles n'avancent plus, c'est parce que le temps, ici, n'existe pas!

Il nous a balancé ça comme on jette une

pierre dans une mare. Dans mon crâne, ça a fait plouf! et des millions de gouttes m'ont éclaboussé l'esprit.

J'ai levé lentement les yeux et, pour la première fois depuis la disparition de mes parents, j'ai vraiment regardé le ciel.

Je me suis alors aperçu à quel point il était noir! Monstrueusement noir! Sans étoiles, sans lune, sans rien dedans. Il ressemblait à un gouffre suspendu au-dessus du monde.

En pensée, j'ai revu l'océan de manèges et de stands que j'avais observé du haut de l'échafaudage. J'ai frissonné en ravalant un sanglot.

— En sortant de la Maison des miroirs, on aurait changé d'univers? C'est ça que tu penses, hein, Pouce?

— Y a-t-il une autre explication?... Je crois, oui, qu'on a abouti dans un autre univers! Un univers où les gens ne pensent qu'à s'amuser et où les «phénomènes de foire» font partie des choses normales!

— C'est de la démence! a hurlé Jo, horrifiée. Vous êtes tombés sur la tête? Ou bien c'est moi qui suis devenue folle?

Elle était désemparée. Moi, j'avais envie de pleurer toutes les larmes de mon corps, et ça n'aurait pas suffi.

— Comment va-t-on s'échapper d'ici, Maxime? a-t-elle demandé en se pelotonnant contre moi.

Je l'ai serrée très fort en silence, et Pouce nous a entourés de ses gros bras.

Mon esprit était devenu une page blanche. Je n'avais plus de mots dans mon dictionnaire personnel. J'étais un ordinateur dont la mémoire s'était effacée.

Trouver une idée géniale au plus vite! N'importe laquelle! Sinon le désespoir allait faire son apparition, et ce ne serait vraiment pas beau à voir.

— J'ai trouvé!

La belle lumière de l'espoir s'est allumée sur le visage de mes amis.

— Il faut retraverser la Maison des miroirs en sens inverse! C'est à cause de cette foutue maison qu'on est ici. En faisant le trajet à l'envers, on devrait revenir dans notre univers à nous! C'est logique!

C'était logique, en effet. Le problème, c'est qu'il n'y avait rien de très logique, jusqu'ici, dans notre aventure.

— Mais comment retrouver cette maison? a dit Pouce. Ce parc est infini! Des manèges, il doit y en avoir des millions!

Oups! L'objection était sérieuse! Je n'avais cependant pas l'intention de me laisser déprimer:

— Si le temps n'existe plus ici, on a l'éternité devant nous pour chercher. N'empêche que... Le mieux serait de commencer tout de suite!

On s'est donc enfoncés de nouveau dans la foule.

— Barbe à papa! Dégustez la barbe à papa!

Un nuage rose traversait l'allée dans notre direction.

— Le démon aux oreilles pointues! ai-je dit dans un souffle.

— Sauvons-nous avant qu'il nous voie! a suggéré Jo.

C'était trop tard. Le démon nous avait repérés:

— Ah! vous voilà, vous! Je vous cherche depuis tout à l'heure!

Sans avoir besoin de se consulter, on a piqué un sprint entre deux baraques. On s'est arrêtés de courir beaucoup plus loin.

Pouce a soudain lâché une exclamation:

— Qui m'a lancé ça?

Il a pivoté sur lui-même pour scruter les gens derrière nous. Une compote rose couvrait sa nuque et ses épaules. Il s'est essuyé avec la main, puis il a reniflé ses doigts:

— Une tomate! Quelqu'un m'a tiré une tomate!

— Regardez là-bas! a fait Jo.

Venant d'une allée transversale, quatre individus accouraient vers nous. Ils portaient des costumes bouffants, et leurs visages étaient maquillés. Ils ressemblaient à des clowns.

Chacun avait un sac en bandoulière et une tomate à la main.

Les mauvaises surprises ne suffisaient plus, apparemment.

Pour une raison inconnue, les habitants de cet univers avaient décidé de passer à l'attaque!

— Courons! ai-je dit en prenant Jo par la main.

Il y avait de plus en plus de fêtards dans ce satané parc.

Donc, pas moyen de courir sans en bousculer plusieurs.

Sentant que Jo était retenue par quelque chose, j'ai été obligé de lui lâcher la main.

Une seconde plus tard, je l'avais perdue de vue!

Une tomate m'a frôlé l'oreille en sifflant, et j'ai dû me remettre à courir.

Un peu plus loin, mon pied a heurté un gros câble électrique, et je me suis étalé sur le sol. Deux longues baraques, devant moi, formaient un angle de quatre-vingt-dix degrés. Cette figure géométrique obstruait le passage.

Je me suis relevé en cherchant une autre issue, mais les clowns m'avaient rejoint! Le bras levé, la tomate brandie, ils se sont alignés à quelques mètres de moi.

— En joue! a tonné l'un d'eux.

Un peloton d'exécution? Qu'est-ce que ça signifiait?

— Feu!

Une tomate m'a atteint à la poitrine avec un bruit écoeurant, tandis que les autres allaient s'écraser hors de ma vue.

— Arrêtez! Qu'est-ce que vous faites? Arrêtez donc!

— En joue! a répété celui qui semblait le chef.

Paf! Paf! Deux projectiles m'avaient touché cette fois, l'un à la jambe, l'autre à l'épaule.

— Je vous en supplie, arrêtez!

Paf! Une tomate a éclaté sur mon front! Le jus a ruisselé sur mon visage. Ma chemise était déjà toute mouillée.

— Ça suffit! Je me rends! Je me rends!

Les clowns se sont figés comme si j'avais prononcé une formule magique. J'ai essuyé mes yeux pleins de larmes et de jus.

Par dizaines, des fêtards s'étaient rassemblés pour admirer le massacre.

— Aidez-moi, je vous en prie! ai-je crié à la foule.

Mon appel a déclenché un rire général.

Puis j'ai aperçu deux hommes jouant du coude afin de se rapprocher des clowns. Ils devaient être très costauds, puisque leurs têtes dépassaient celles de tout le monde.

— Halte-là! a ordonné l'un d'eux. Quelle est la cause de cet attroupement?

À la vue des deux bonshommes, les clowns se sont enfuis à toutes jambes. Je comprenais de moins en moins à quoi rimait cette folie.

Puant la tomate trop mûre, je me suis dirigé vers mes sauveteurs. J'avais le coeur rempli de reconnaissance pour leur aide inattendue.

Dès qu'ils ont émergé de la foule et que je les ai regardés des pieds à la tête, j'ai changé d'idée!

Car ce n'étaient pas *deux hommes* qui m'avaient sauvé.

C'était un homme à deux têtes!

Chapitre V
Le masque vert

Je suis demeuré immobile à me demander si je me réveillerais de ce cauchemar.

L'homme à deux têtes marchait vers moi comme si de rien n'était. Sa double paire d'yeux me dévisageait.

Je tentais de me convaincre qu'il y avait un trucage! Mais plus l'homme se rapprochait, plus je me rendais compte qu'il avait bel et bien deux têtes! Impossible de réussir un trucage pareil, c'était trop parfait!

Le comble, c'était que les deux visages ne se ressemblaient pas du tout. Celui de gauche était très beau, tandis que celui de droite était un sommet dans le domaine de la laideur.

De peur d'être maltraité par la foule, je n'osais pas m'enfuir.

— Petit monsieur, m'a dit la tête laide, auriez-vous l'extrême obligeance de nous narrer les événements qui ont déclenché l'incident dont nous venons d'être témoins?

Je n'ai pas compris sa question. J'étais ahuri et, de toute manière, je n'avais pas grand-chose à dire. J'ai balbutié:

— J'ai été attaqué!... Des clowns!... Avec des tomates!...

— Hum... Voilà un récit un tantinet obscur!

La tête laide a pivoté vers sa voisine:

— Cher Ego, auriez-vous quelque commentaire à formuler sur la situation qui nous intéresse?

Le beau visage a fait une horrible grimace:

— On devrait le cuisiner, Alter! Jusqu'à ce qu'il parle! Si les clowns l'ont mis au peloton d'exécution, c'est qu'il a quelque chose de terrible à se reprocher!

Affolé, j'ai scruté la foule en espérant que mes amis s'y trouvaient. Mais ils n'étaient toujours pas là.

— Allons, Ego! a repris la tête de droite. Ne nous emportons pas, que diable! Ce garçon a toutes les apparences d'une indiscutable honnêteté.

— Apparences, apparences, il n'y a pas que ça! Je te dis qu'on devrait mettre ce blanc-bec en état d'arrestation!

La tête de gauche regardait maintenant l'autre comme si elle voulait la manger. Une bagarre se préparait entre les deux moitiés du même homme!

— Je suis formellement en désaccord avec votre suggestion, a répliqué Alter. Vous êtes très irritable depuis quelque temps!

— Quoi? a hurlé Ego en agrippant le cou d'Alter.

— Bas... les... pattes!

Cette scène d'étranglement était à couper le souffle! Puisque personne ne s'occupait plus de moi, j'ai foncé sur les spectateurs sans trop regarder où j'allais. Ça criait et ça riait autour de moi. Des mains essayaient de m'attraper.

J'ai hurlé et agité les bras pour me dégager un passage.

Enfin, je me suis retrouvé de l'autre côté de l'attroupement. Je n'avais plus qu'une pensée à présent: rejoindre mes amis!

— Barbe à papa! Barbe à papa! Dégustez la barbe à papa!

La panique m'a saisi. J'ai pris une autre allée, mais la voix de crocodile a encore retenti, un peu plus proche cette fois:

— Prépare-toi, mon petit Maxime! Tu n'échapperas plus longtemps au Grand Jeu cosmique! Ah! Ah! Ah! Ah! Ah!

Ce rire démoniaque m'a figé sur place. Lorsqu'une main s'est posée sur mon épaule, j'ai dû sauter un mètre dans les airs.

C'était Pouce! Il me regardait avec un sourire extraordinaire, et Jo était là, elle aussi. J'étais si content que j'ai failli me mettre à pleurer.

— On croyait bien t'avoir perdu! a dit Pouce en me donnant de grandes claques.

— Mon pauvre Maxime! a ajouté Jo en me reniflant. Tu aurais besoin d'un bon bain! Que t'est-il arrivé?

Je craignais qu'ils ne me croient pas, tellement mon récit était insensé. Mais, après tout ce que l'on avait déjà vu dans cet univers étrange, j'ai compris que l'incrédulité n'était plus à la mode.

Il n'était rien arrivé de particulier à mes amis. Quand j'avais perdu Jo dans la foule, elle avait rejoint Pouce aussitôt. Et ils me cherchaient ensemble depuis ce temps-là.

— Notre objectif est resté le même! ai-je déclaré. Retrouver la Maison des miroirs!

On a repris notre recherche. Après un certain temps, toutefois, notre beau courage s'est mis à faiblir. Sans parler de la fatigue qui nous donnait mal aux jambes.

Pouce a pointé le doigt vers quelque chose.

C'était un ring pareil à ceux où les lutteurs passent le plus clair de leur temps à se taper dessus. En bas de l'arène, un homme se tenait debout et il nous regardait, les bras croisés.

Cet individu était impressionnant à cause de ses muscles hyper développés, de sa grosse moustache et de son crâne chauve. Il était vêtu d'une espèce de peau de léopard, comme dans les anciens films de Tarzan.

— Non, je vous montre la banderole au-dessus du ring! a précisé Pouce.

Un dessin était imprimé sur cette banderole: un masque vert à la bouche souriante.

— Le signe de la lilliputienne! a dit Jo.

Pouce a sorti de sa poche la bouteille que lui avait donnée la femme à barbe.

— Et le même signe que sur cette étiquette!

Il y a eu un déclic dans mon cerveau. En réalité, il s'agissait plutôt d'un coup de tonnerre. Tout énervé, j'ai entraîné mes amis à l'écart:

— Ce masque vert, c'est la troisième fois qu'on le voit! On ne s'en est jamais occupés, mais je pense qu'on a eu tort! Il a sûrement une signification!

J'ai continué à réfléchir à voix haute:

— La Grande Alice voulait nous

prédire l'avenir. Que disait-elle? Vous rappelez-vous?

— Qu'un danger nous attendait, a répondu Pouce.

— Et la femme à barbe nous a raconté à peu près la même chose. C'est d'ailleurs pour ça qu'elle t'a offert cet élixir.

— Autrement dit, a résumé Jo, la lilliputienne et la femme à barbe voulaient nous aider!... Si on essayait de les retrouver pour en savoir plus?

J'ai secoué la tête en indiquant la banderole:

— Ne refaisons pas la même erreur. Restons ici.

Puis je me suis souvenu d'autre chose. Et ça m'a paru si important qu'un deuxième coup de tonnerre a éclaté dans ma caboche:

— Vous voulez retourner chez vous? Il n'existe qu'une façon! Dites oui! Il faut que vous disiez oui!

— Ce sont les paroles de la Grande Alice, a confirmé Jo.

Pour la première fois depuis que l'on était plongés dans cette histoire, j'avais l'impression de voir un peu plus clair:

— Dire oui, c'est ce qu'on a toujours

refusé de faire! Chaque fois que quelqu'un s'approche de nous, on s'enfuit au lieu de collaborer. Je me demande même si ce n'est pas pour ça que les clowns nous ont lancé des tomates!

Jo ne paraissait pas convaincue du tout:

— C'est assez normal de s'enfuir quand on rencontre un démon aux oreilles pointues, une femme à barbe ou un homme à deux têtes...

— C'est normal dans notre univers à nous! Mais ici, tout est différent! Les sortilèges sont des choses courantes!... Je crois que si on continue à fuir, jamais on ne retournera chez nous.

Ma théorie a produit son petit effet. Mes amis m'observaient en attendant la suite. J'ai indiqué le colosse debout près de l'arène:

— Un type comme ça, on appelle ça un hercule. J'en ai déjà vu dans un livre à la maison. Il attend que quelqu'un accepte de se battre contre lui...

J'ai pris une grande respiration avant d'annoncer le plus difficile:

— Faisons ce qu'Alice nous a suggéré. Disons oui! Ce qui signifie que l'un de nous trois va affronter cet homme!

— Es-tu complètement malade? a hurlé Jo.

— On n'a pas le choix. Sinon, on est condamnés à rester ici jusqu'à la fin de nos jours.

Un long silence a suivi. Mes amis réfléchissaient. Pouce a ensuite demandé:

— Et qui devra se battre contre l'hercule?

J'ai baissé les yeux sur la bouteille qu'il tenait à la main, et Jo a fait de même. Puis on a dévisagé Pouce.

— Moi? s'est-il exclamé en se touchant la poitrine. Moi, je vais affronter ce... ce... ce...?

— Oui, Pouce. Oui, puisque c'est toi que le sort a désigné.

Chapitre VI
Pourrr le compte de trrrois!

— Je ne veux pas! a braillé Pouce en se cachant le visage avec la main. Il va me tuer! Vous avez vu ses muscles!

— Tu es le plus costaud de nous trois. Et c'est à toi que la femme à barbe a donné l'élixir.

— Mais qu'est-ce que je t'ai fait, Maxime? Je pensais que tu étais mon meilleur ami!

Il tremblait comme de la gélatine. J'ai dû le pousser un peu afin qu'il s'approche de l'arène.

L'hercule a eu un sourire qui a retroussé ses moustaches. Il a inspiré profondément, et sa poitrine a doublé de volume.

— Cet *avorrrton* se *crrroit* de taille à me *vaincrrre*?... *Merrrveilleux, merrrveilleux*!

— Bois l'élixir! ai-je chuchoté à Pouce. Tout de suite!

— Maxime, je ne pense pas te le pardonner un jour...

Il a vidé la bouteille en faisant une grimace digne de la situation.

— Pouah! C'est dégueulasse!

— Sens-tu quelque chose de changé en
toi? a questionné Jo.

— Oui. Maintenant que j'ai bu ça, j'ai
mal au coeur.

Bien sûr, je craignais que ma théorie ne
soit fausse! Bien sûr, j'avais peur de ce qui
pouvait arriver à mon ami! Bien sûr, je me

sentais terriblement coupable! Mais, dans la vie, il y a des moments atroces où il ne reste plus qu'à se taire et à croiser les doigts...

Pouce a gravi l'escalier menant au ring, puis il s'est glissé entre deux câbles.

— Que faut-il que je fasse?

— Vous devez *m'étendrrre* au tapis *pourrr* le compte de *trrrois*! En passant, je vous signale que je n'ai jamais *perrrdu* un seul combat *durrrant* ma *brrrillante carrrière*!

Pouce s'est tourné vers nous, le regard plein d'adieux.

L'hercule en a profité pour se ruer sur lui.

Après lui avoir appliqué une prise savante, il s'est jeté sur le dos en entraînant Pouce avec lui. Ensuite, il l'a projeté dans les airs. Notre ami est retombé dans les câbles, puis il s'est écrasé sur le sol, face contre terre.

Le tout n'avait duré que quatre ou cinq secondes. Le colosse s'est mis à rire:

— Vous *devrrrez* vous *battrrre* mieux que cela si vous *désirrrez* me *vaincrrre*, jeune homme!

Des spectateurs au visage réjoui s'amassaient en se moquant de Pouce.

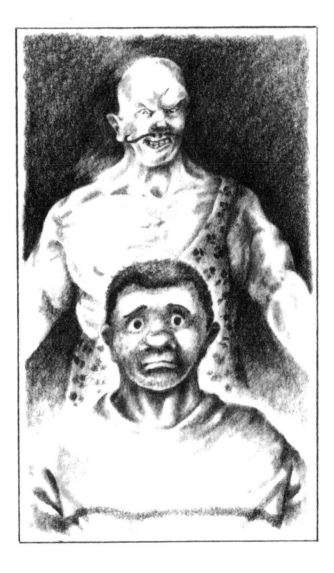

Il s'est relevé en vacillant. Ses bras pendaient comme des branches mortes de chaque côté de son corps.

De nouveau, l'hercule s'est précipité sur lui. Mais, cette fois, il l'a soulevé au-dessus de sa tête au grand amusement du public de plus en plus nombreux.

Pouce se contentait de hurler et de se débattre.

— Fais quelque chose! l'a encouragé Jo. Défends-toi!

Son adversaire l'a laissé tomber sur le tapis. Il y a eu un boum, car Pouce doit peser dans les quatre-vingts kilos.

— Me concédez-vous la *victoirrre*?

Pouce a alors sauté sur lui dans l'intention de le renverser. L'hercule n'a eu qu'à se déplacer pour que Pouce se retrouve encore à plat ventre.

Bondissant sur ses pieds, notre ami s'est élancé sans perdre une seconde. Pris de vitesse, le colosse a reculé d'un pas. Alors, Pouce l'a pris à bras-le-corps et il l'a soulevé comme l'autre avait fait avec lui quelques instants plus tôt.

— C'est l'élixir, a suggéré Jo. Ça multiplie les forces de Pouce.

Pouce s'est mis à tourner sur lui-même

afin d'étourdir l'hercule qu'il tenait à bout de bras. Après une minute de ce régime, il l'a lâché, puis il s'est couché sur lui. Ça ressemblait vraiment aux matches de lutte de la télévision.

— Un!... Deux!... Trois! a crié Pouce en comptant les secondes.

Il avait gagné! Pendant que le public l'applaudissait en hurlant, on est montés dans l'arène, Jo et moi. Je n'avais jamais vu Pouce afficher un sourire aussi éblouissant.

— Le spectacle vous a plu?

— Tu as été formidable!

— Je n'ai jamais été aussi fière de toi! a renchéri Jo.

— Ce jeune homme doit *avoirrr* un *trrruc*, marmonnait l'hercule en se relevant. Je suis *sûrrr* qu'il a un *trrruc*...

On est redescendus de l'arène. Des spectateurs s'approchaient de Pouce pour le toucher et lui taper dans le dos.

D'accord, j'étais content. Mais, en même temps, j'étais profondément déçu. Je m'étais attendu à ce que la victoire de notre ami déclenche quelque chose. Pourtant, rien n'avait changé autour de nous.

Je m'étais donc trompé dans ma théorie. Pouce avait risqué sa vie inutilement, et mon seul espoir de partir d'ici venait de s'évaporer.

— N'oubliez pas de *prrrendrrre* ceci!

Penché au-dessus des câbles, l'homme à la peau de léopard tendait quelque chose à Pouce. C'était un objet plat et rond, de couleur blanche, qui avait le diamètre d'une assiette à dessert. Une enveloppe de cellophane le protégeait.

— *Votrrre* médaille... Vous l'avez bien *mérrritée*!

— Drôle de médaille, a dit Pouce en tâtant l'objet. C'est mou! On dirait de la pâte!

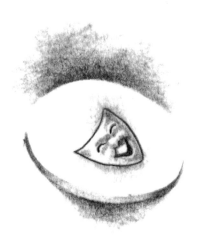

— Ce n'est pas une médaille, a corrigé Jo. C'est une galette!

On a voulu demander des explications au colosse, mais il avait disparu. Les spectateurs commençaient déjà à se disperser.

— Que voulez-vous que je fasse avec une galette?

Pouce l'a jetée sur le sol dans un geste de dégoût. Lorsqu'elle a atterri, on a remarqué une étiquette sur l'autre face.

Une étiquette où l'on voyait le masque vert!

Chapitre VII
Abracadabra!

Fatigué de me creuser les méninges, j'ai donné la galette à Jo. Je me doutais bien qu'elle ne saurait pas quoi en faire, elle non plus. Néanmoins, elle l'a conservée.

On s'est remis à marcher comme des âmes en peine.

Dans les allées, la foule continuait à s'agiter, à rire, à s'amuser. Les manèges grondaient. Les roulettes cliquetaient. Les lumières brillaient par millions.

Combien de temps s'était écoulé depuis la Maison des miroirs? Quelques heures, certainement. Mais j'étais en train d'oublier que le temps n'existait plus dans cet univers!

— Un tour de magie, ma petite dame?

Jo n'a pas réagi, tellement elle en avait marre. J'ai jeté un coup d'oeil à l'homme qui lui avait lancé cette invitation.

Rondelet, pas très grand, il portait un costume noir et un haut-de-forme. Ses longues moustaches étaient raidies par de la cire. Dans sa main gauche, il tenait une baguette magique.

Il avait tout bonnement l'air d'un magicien parmi tant d'autres. Puis un détail m'a frappé. Sur le mouchoir de soie qu'il avait autour du cou, le dessin du masque vert avait été brodé!

J'ai retenu mes amis, j'ai repris la galette et je l'ai examinée comme si j'étais en extase.

— Voulez-vous participer à un tour de magie, *ma petite dame*? a répété le magicien en insistant sur les derniers mots.

Sous mon crâne, le tonnerre a retenti pour la troisième fois de la soirée.

— Je viens de comprendre!... On est trois! Il faut que chacun de nous trois dise oui à tour de rôle!

Jo a regardé le magicien.

— Alors, si on veut partir d'ici, je dois accepter son invitation?

— Exactement! Chacun de nous doit subir une épreuve! Pouce a passé la sienne! Après toi, ce sera mon tour!

— Je n'aime pas ça, a-t-elle avoué en m'implorant du regard.

— Maxime a raison, est intervenu

Pouce. De toute façon, est-ce qu'on a le choix? Si on ne tente rien, on est foutus!

J'ai redonné à Jo la galette:

— L'élixir a permis à Pouce de remporter son combat. Toi, tu dois manger cette galette avant de subir ton épreuve.

— Elle est peut-être empoisonnée!

— Non, a assuré Pouce. L'élixir n'a eu sur moi que des effets positifs.

Après un instant de réflexion, Jo a poussé un grand soupir résigné.

— J'accepte! Mais seulement parce que je ne vois pas d'autre solution!

Elle a déchiré la cellophane puis, du bout des dents, elle a mordu dans la galette.

— Au moins, ça a bon goût!

Elle en a mangé le tiers environ. Ensuite, elle s'est concentrée un moment.

— Je ne ressens aucun effet. J'espère que vous ne vous êtes pas trompés, sinon...!

Quand je lui ai pris la main, je me suis aperçu qu'elle tremblait. Très poliment, le magicien nous a invités à entrer dans la tente qui se trouvait derrière lui.

Il faisait noir à l'intérieur. Beaucoup moins que chez la Grande Alice, cependant, parce que des chandelles étaient allumées un peu partout.

Tout de suite, la caisse posée sur des tréteaux nous a sauté aux yeux. Pouce et moi, on a regardé Jo avec angoisse. C'était précisément le genre de caisse que les magiciens utilisent lorsqu'ils scient une femme en deux!

— Pas ça! a crié Jo en se blottissant contre moi.

Le magicien, qui souriait, a agité les sourcils.

— Courage, ai-je murmuré à ma chérie. Il ne t'arrivera rien.

Je le souhaitais du fond du coeur. Mais qui donc pouvait jurer qu'elle ne subirait pas un sort abominable dans les minutes qui suivraient?

Le magicien l'a conduite jusqu'aux tréteaux. Puis elle s'est tournée vers nous:

— Adieu, Pouce! Je ne t'oublierai jamais!... Toi, Maxime, eh bien... j'espère que tu ne m'oublieras jamais s'il m'arrive quelque chose!

Son petit visage était fripé par la peur. Ses lèvres frémissaient.

Le magicien l'a aidée à s'étendre dans la caisse de bois, puis il a refermé le couvercle. Tout ce que l'on voyait d'elle à présent, c'étaient sa tête et ses pieds qui dépassaient à chaque bout par une ouverture. Dans un geste spectaculaire, le magicien a fait apparaître une scie dans sa main droite. En la voyant, Jo a lâché un cri.

C'était une scie vraiment pas rassurante, en effet. Elle avait une lame très longue et très large, ainsi que des dents aussi redoutables que celles d'un *pitbull*. Un démolisseur aurait pu découper un building au complet en se servant de cette scie-là.

Avec sa baguette magique, le magicien a touché la lame en criant abracadabra! Et des étincelles bleues ont jailli.

Il a déposé la baguette sur une petite table. Visiblement, il était prêt. Quant à Jo, on aurait dit qu'elle s'était cousu les lèvres pour s'empêcher de hurler.

Je n'avais jamais connu quelqu'un d'aussi courageux. Mais c'était ma faute si elle se trouvait dans cette affreuse position. J'ai déclaré à Pouce:

— Si je me suis trompé dans ma théorie, je ne mériterai plus jamais d'être l'ami de qui que ce soit...

Le magicien s'est penché sur la caisse avec un regard de fou. Son sourire s'était agrandi comme celui d'un maniaque.

— Auriez-vous un dernier souhait, ma petite dame, avant d'être... dépecée?

Les yeux de Jo étaient sortis de leurs orbites.

— Oui, je souhaite qu'on retourne chez nous! Je ne veux pas être ici! J'aimerais être dans mon lit en train de lire un roman d'amour! J'aimerais...!

— Du calme... J'ai parlé d'un souhait, pas d'une dizaine...

— Faites votre sale besogne et fichez-moi la paix!

— Vos désirs sont des ordres.

À le voir scier, on aurait pu croire que c'était la plus grande jouissance de sa vie. Ça faisait ZZZZZ-ZZZZZ-ZZZZZ et c'était insupportable et cruel. Des gerbes de bran de scie accompagnaient le va-et-vient de la lame.

Pouce m'avait saisi un bras et il le serrait à me faire mal. Moi, je me retenais de me précipiter au secours de Jo. Je me retenais tellement que tous mes muscles étaient douloureux. La sueur coulait sur mon visage comme des gouttes de pluie.

Quand la lame a atteint le milieu de la caisse, le magicien s'est immobilisé avec un air perplexe.

— Hum... Je sens une résistance à cet endroit...

— Une résistance? s'est scandalisée Jo. C'est mon corps, la résistance! Si vous continuez, vous allez me couper le ventre!

— Ne suis-je pas ici pour cela?... Détendez-vous, laissez-vous faire...

Il s'est remis au travail. Une seconde après, Jo a poussé un cri épouvantable. J'ai bondi vers elle, mais Pouce m'a agrippé.

— Lâche-moi! Lâche-moi...!

Je ne voyais plus clair et je n'entendais plus rien. Tout ce qui comptait, c'était sauver Jo qui était en train de mourir. Pouce ne me lâchait pas, néanmoins, et j'ignore combien de temps je me suis débattu.

Finalement, j'ai regardé le magicien et j'ai vu ce qui restait de mon amoureuse.

La caisse était coupée en deux parties égales. La tête de Jo dépassait d'une moitié. Ses pieds dépassaient de l'autre. Entre les deux, il n'y avait que le vide.

Pourtant, Jo était toujours en vie! Elle clignait des paupières, son visage bougeait, ses pieds gigotaient!

— C'est de la sorcellerie! me suis-je exclamé.

— C'est de la magie, a corrigé le magicien calmement.

La mâchoire pendante, on s'est rapprochés de Jo qui souriait chaleureusement.

— As-tu mal quelque part?

— Pas du tout! Je me sens en pleine forme!

Subitement, elle s'est mise à rire:

— Arrête ça! Arrête! Non!

Penché sur l'autre moitié de la caisse, Pouce lui chatouillait les orteils. L'incrédulité le forçait à secouer la tête. Je me suis adressé au magicien:

— Qu'allez-vous faire maintenant? Elle ne va quand même pas rester comme ça toute sa vie?

— À vous l'honneur! a-t-il répondu en me tendant la baguette magique.

Que voulait-il que je fabrique avec ça? Je ne connaissais aucun truc de magie, moi!

J'ai fait la seule chose qui m'est venue à l'esprit. J'ai levé la baguette au-dessus du front de Jo et j'ai dit abracadabra!

Il y a eu un pouf! aussi fort qu'une explosion.

Instantanément, tout est devenu noir.

Chapitre VIII
La dompteuse et le fouet

Je n'avais pas vraiment perdu connaissance. On aurait plutôt dit que je m'étais endormi pendant une fraction de seconde.

Éberlués eux aussi, mes amis se tenaient près de moi. On était debout dans un vaste corridor. Le magicien, la caisse, les tréteaux, tout ça avait disparu. Seule la baguette magique se trouvait toujours dans ma main.

Avant tout, on s'est assurés que Jo était saine et sauve. Non seulement les deux moitiés de son corps avaient été recollées, mais elle ne portait pas de cicatrice. J'étais soulagé!

Et Jo l'était encore plus que moi, cela va sans dire.

Le corridor était aussi rond qu'un boyau. Et parce qu'il formait une courbe, on ne voyait pas grand-chose, devant et derrière nous.

On n'a pas eu besoin de marcher longtemps. Un peu plus loin, il y avait une
grande ouverture en forme d'arche.

On n'a pas été surpris de voir, au-dessus
de cette arche, le masque vert au sourire
épanoui.

— Mon tour est venu, je pense! ai-je
soupiré.

Depuis que j'avais cru deviner comment sortir du parc, ma tâche avait été
plutôt facile.

Mais la prochaine épreuve m'était des-
tinée et je me sentais tout petit.

Une seule pensée m'encourageait: si je remportais cette épreuve, il était possible que notre calvaire prenne fin.

Des applaudissements nous parvenaient de l'autre côté de l'ouverture. Il y avait aussi certains bruits plus difficiles à identifier.

Ça ressemblait aux grondements des montagnes russes.

Puis quelque chose d'autre nous a fait sursauter.

— On dirait le bruit d'un coup de poing dans le visage.

— S'il y a une bagarre là-dedans, a dit Jo, j'aimerais mieux qu'on n'entre pas. Cherchons une autre issue!

J'aurais bien aimé. Mais si le prix à payer était de recevoir quelques claques sur la gueule, je ne pouvais pas hésiter.

— Restez ici. C'est mon épreuve. Je vais l'affronter seul.

— Maxime! m'a imploré Jo.

— Laissons-le aller, a dit Pouce en me dévisageant. Nous deux, on s'en est tirés. Maxime réussira aussi, c'est certain.

Maintenant qu'il me fallait quitter mes amis, j'avais envie de les serrer dans mes bras pour toutes les fois où je ne l'avais pas fait. Je devais pourtant être fort, même si je me sentais faible!

— À tout à l'heure, ai-je dit en leur adressant un pauvre sourire.

J'ai traversé l'ouverture et, au même moment, il y a eu un bang! juste derrière moi.

Une grille venait de s'abaisser! Une grille infranchissable aux barreaux épais comme dans les prisons!

Un rugissement terrible a retenti et j'ai fait volte-face.

Je me trouvais au bord d'une piste entourée de spectateurs. Une clôture circulaire séparait cette piste des gradins. À quelques mètres de moi, une dompteuse agitait un fouet. Trois lions étaient accroupis devant elle, la tête tournée vers moi.

Deux femelles, et un mâle que j'ai reconnu à sa tignasse.

Les lions ont grogné de nouveau. Le fouet a claqué.

C'étaient ces bruits-là qu'on avait entendus dans le corridor.

— Que venez-vous faire ici? m'a lancé la femme avec mauvaise humeur.

J'étais bien en peine de lui répondre. Surtout que les fauves m'enlevaient le goût de parler.

— Vous ne voyez pas que vous les énervez? Allez-vous-en!

Je ne demandais pas mieux. Mais il n'y avait aucun passage qui m'aurait permis de quitter la piste. Et puis, j'étais si effrayé que mon corps ne m'obéissait plus vraiment.

Je suis resté adossé à la grille, le coeur battant, les oreilles sifflantes.

La dresseuse avait beau faire claquer son fouet et engueuler les lions dans une sorte d'allemand, ils ne s'occupaient plus d'elle.

C'était moi qui les intéressais! Ils rugissaient de plus en plus fort en me regardant. Ils me montraient leur denture comme si j'avais été leur vétérinaire. Si la femme ne reprenait pas la situation en main, je pouvais m'attendre au pire.

Le mâle semblait plus énervé que les femelles.

Sans doute lassé d'obéir, il s'est subitement écarté de la dompteuse pour venir à ma rencontre.

Mon dos s'est aplati contre les barreaux.

La dresseuse s'est interposée sans perdre une seconde. Ensuite, il y a eu une espèce de dispute entre elle et l'animal. Elle donnait des ordres, et le fauve lui répondait en rugissant.

Les deux femelles ont dû décider qu'elles en avaient assez, elles aussi. Car, à leur tour, elles se sont approchées.

La suite s'est déroulée trop rapidement. Je me rappelle le mâle faisant tomber la dompteuse d'un coup de patte, puis les trois lions s'avançant vers moi à petits pas bondissants.

La peur a explosé comme une bombe dans ma tête.

Ensuite, j'ai pris conscience que Jo me criait à travers la grille:

— La baguette! Utilise la baguette magique!

Mais quand j'ai levé la main droite, la baguette avait disparu!

Le mâle a choisi ce moment pour bondir.

Je me suis jeté par terre, puis j'ai roulé sur moi-même.

Les lions ont émis un grognement de frustration.

Ils n'ont pas attendu longtemps avant de revenir vers moi.

Ils marchaient tranquillement, sûrs de

leur force. Je ne savais absolument plus quoi faire!

J'ai fouillé la piste d'un regard désespéré. Le fouet était là, à trois mètres sur ma gauche!

À l'instant précis où les femelles fonçaient sur moi, j'ai plongé sur le sol, je me suis étiré le bras et j'ai réussi à me saisir de l'instrument.

Je me suis redressé en vitesse. Les fauves avaient l'air d'hésiter, à présent.

J'ai fait claquer le fouet en criant une injure et, à ma grande surprise, ils ont reculé!

Le mâle a rugi, mais un second claquement lui a cloué le bec.

Il ne faudrait surtout pas croire que je me sentais héroïque. Je savais que les lions comprendraient vite à qui ils avaient affaire, et que ce petit jeu ne durerait pas longtemps.

Je pouvais seulement retarder le moment fatidique où ils passeraient aux choses sérieuses.

Malgré mon fouet, les fauves avaient déjà pris le dessus en me forçant à reculer. Ainsi, je revenais peu à peu vers la grille.

Et ce qui devait arriver arriva!

Mon talon a buté contre la dompteuse inconsciente, et je suis tombé à la renverse.

Plus grave encore: le fouet m'avait échappé des mains!

Chapitre IX
Le démon

J'étais étendu sur le dos.

Trois grosses têtes ont d'abord envahi mon champ de vision, puis trois gueules ouvertes sur à peu près un million de dents!

Tandis que je me débattais, ma main droite a touché un objet sur le sol.

La baguette magique!

Je m'en suis emparé en faisant un genre de prière...

Quand j'ai rouvert les yeux, le décor était le même, mais les lions s'étaient métamorphosés en chatons.

Ma tête est retombée sur le sol. Les chats sont montés sur moi en ronronnant, et l'un d'eux m'a léché le visage. C'était doux... Je serais demeuré là durant un milliard d'années...

Dans les gradins, la foule applaudissait à tout rompre et m'acclamait par des bravos. Jo et Pouce se sont penchés sur moi comme des parents sur leur bébé. Leurs sourires étaient magnifiques. J'étais rempli d'une sorte de bonheur ensoleillé.

— Es-tu blessé? m'a demandé Jo tendrement.

— Je ne pense pas...

— Tu es un héros! s'est exclamé Pouce. Un vrai héros, Maxime!

J'ai repoussé les chatons délicatement, et mes amis m'ont aidé à me remettre debout.

— La grille s'est relevée d'elle-même quand tu as utilisé la baguette magique, a expliqué Jo.

— Y a-t-il eu d'autres changements?

— Non, a répondu Pouce avec l'air de s'excuser.

Mon soleil intérieur s'est éteint tout d'un coup.

Chacun de nous avait réussi son épreuve. Pourtant, la situation était restée la même!

On a quitté la piste et repris le corridor.

La joie qui avait suivi ma victoire avait disparu. On aurait dit que toutes nos émotions étaient mortes. On était à bout de forces et à bout d'espoir.

Je repensais à mes parents. À chaque

souvenir qui me traversait la tête, le vide grandissait en moi.

Finalement, on a trouvé l'issue du corridor. Le chahut du parc a envahi nos oreilles pendant que des odeurs de popcorn et d'oignons frits entraient dans nos narines.

En descendant un court escalier, j'ai vu que l'on sortait d'un pavillon de briques rouges.

On est demeurés à cet endroit, écoeurés par le ciel trop noir, par les lumières multicolores, par les manèges qui nous bouchaient l'horizon et par les fêtards qui se foutaient de nous.

Serrant les poings, je me suis mis à hurler comme si mon désespoir pouvait s'en aller de cette façon. Jo et Pouce m'ont entouré de leurs bras, mais j'étais incapable de m'arrêter.

Quand je me suis calmé, le démon aux oreilles pointues était là, les bras chargés de cornets de barbe à papa.

On n'a pas eu peur. Après tout ce qui s'était produit, la peur était devenue un luxe.

— Barbe à papa! a-t-il croassé de sa voix de crocodile. Dégustez la barbe à papa!

On a fait non de la tête, lentement. On était rendus au point où même la colère était superflue.

— Dommage! Il me semblait que vous auriez apprécié une sucrerie... Bah! J'ai toujours dit que je n'étais pas vraiment fait pour ce métier!

— Et c'est quoi, votre métier? ai-je questionné doucement. Vous n'êtes pas un vendeur de barbe à papa, je me trompe?

— Dieu du Cirque! Vous ne l'avez pas deviné?... Vous avez remporté les trois épreuves et vous n'avez pas encore compris qui je suis?

Il a jeté les cornets comme s'il se débarrassait d'objets encombrants. Puis, agrippant son visage à deux mains, il s'est mis à tirer dessus de toutes ses forces.

— Il est en train de s'arracher la face! a dit Pouce, horrifié.

C'était exactement ça. Et, au bout de quelques secondes, il tenait dans sa main ce qu'il venait de s'arracher!

On s'attendait à voir une dégueulasserie sanglante là où se trouvait auparavant son visage. Mais on a compris que ce visage n'avait servi qu'à en dissimuler un autre.

Cet autre, on le connaissait pour l'avoir

vu souvent au cours de la soirée.

C'était un masque vert à la bouche souriante.

— Ah! Ah! Ah! Ah! Ah! Par le Grand Manège universel, commencez-vous à comprendre?

Il s'est rapproché de nous et il a parlé

sur un ton plus gentil:

— Je suis votre Guide! Depuis que vous avez pénétré dans l'Univers de la Fête, je veille sur vous! J'ai bien essayé de vous fournir des indices, mais... Doux Seigneur de la Foire! Vous êtes des enfants très coriaces!

Ça faisait une impression bizarre de le regarder. Son nouveau visage était figé, pétrifié. On avait donc le droit de penser que c'était un masque.

Et pourtant, à travers les fentes, on ne voyait ni les yeux, ni le nez, ni la bouche. Seulement des trous noirs.

Un masque, oui... En même temps, ce n'était pas cela du tout.

— Vous m'avez donné du fil à retordre! Quand même, vous avez fini par réussir ce qui était attendu de vous!

— Et qu'est-ce qui était attendu de nous?

— Cela, mon cher Maxime, vous l'avez compris depuis un moment. Il vous fallait dire oui! Il vous fallait accepter de participer au Grand Jeu cosmique!

— Le Grand Jeu cosmique...?

Il a eu un petit geste agacé:

— N'essayez pas de tout comprendre!

Vous êtes ici dans un univers fort différent du vôtre... Sachez toutefois que le Grand Jeu cosmique se déroule partout, dans tous les univers à la fois! Dans le vôtre, on l'appelle la Vie!

— La Vie?

— On ne peut pas échapper à la Vie! Elle nous englobe toujours! Même quand on se sent tellement perdus et malheureux que l'on croit qu'elle nous a abandonnés!... La Vie est pleine de joie et de rires! Pleine de manèges, de lumières, de couleurs, de barbe à papa!

L'instant d'après, j'ai eu la curieuse illusion que le sourire de son masque s'était effacé.

— Mais la Vie n'est pas que cela. Elle est aussi parsemée d'épreuves que l'on doit surmonter l'une après l'autre. Car il faut dire oui à la Vie, même quand elle nous malmène un peu.

Aussitôt, le sourire est réapparu.

— Dans cet Univers de la Fête, vous avez brillamment relevé le défi! Vous méritez toutes mes félicitations!

Il est resté ainsi, sans rien ajouter, sans bouger, comme s'il attendait quelque chose de nous.

— Et tout ça... pourquoi? ai-je demandé.

Il a agité la main gauche vers le pavillon qui se trouvait derrière nous. On s'est retournés sans enthousiasme.

Le bâtiment de briques rouges n'était plus là! À la place, il y avait un château aux murs translucides!

«VENEZ VOUS PERDRE DANS LA MAISON DES MIROIRS! DISAIT L'AFFICHE. IL EST FACILE D'Y ENTRER, MAIS COMBIEN DIFFICILE D'EN SORTIR! L'EXPÉRIENCE LA PLUS DÉROUTANTE DE VOTRE VIE!»

Incapable de me maîtriser, je me suis mis à rire. Et j'ai ri si fort et si longtemps que j'en ai eu mal au ventre.

Notre Guide a tendu les bras vers la Maison des miroirs:

— Partez! Retournez dans votre univers! Tant de gens et tant d'aventures vous y attendent!

À toute vitesse, on a gravi l'escalier menant à l'intérieur et on a traversé le labyrinthe au pas de course.

Lorsqu'on a atteint la sortie, la clarté nous a éblouis parce qu'il faisait encore jour. Pouce a consulté sa montre:

— Si ça vous intéresse, il est dix-neuf

heures quarante!

— C'est déjà fini? a dit ma mère en nous apercevant. Vous n'êtes même pas restés cinq minutes!

Je me suis jeté sur elle si violemment qu'elle a dû penser que je l'attaquais. Hugo s'est approché, et je l'ai attrapé au passage.

— Maxime! a-t-il fait. Ta chemise est toute tachée! Et on dirait que tu t'es battu! Que s'est-il passé là-dedans?

— Vous ne disparaîtrez plus jamais, n'est-ce pas? Vous ne me referez plus jamais ce coup-là?

Ils ne saisissaient pas bien ma question, et c'était normal.

Jo et Pouce, eux aussi, s'étaient collés contre mes parents. On devait avoir l'air de parfaits imbéciles, tous les trois.

— Bon! a dit Prune un peu sévèrement. On s'en va!

— Oh! oui, maman! Partons d'ici au plus vite!

Mon père et ma mère se sont observés une seconde.

Juste une seconde.

Ils commençaient à s'habituer à avoir un fils dans mon genre...

Table des matières

Achevé d'imprimer
sur les presses de Litho Acme Inc.